Impressum:

ISBN: 978-3-907263-08-2
2. Auflage 2023

Text: Erwin Jakob Schatzmann
Illustrationen und Grafik: Christine Gluch
Verlag: edition Zeitpunkt, Werkhofstr. 19,
CH-4500 Solothurn. edition.zeitpunkt.ch
Druck und Bindung: FINIDR, s.r.o., CZ-Český Těšín

SCHWEINI

Eine Fabel

über Freiheit und Anpassung

von Erwin Jakob Schatzmann

Illustrationen: Christine Gluch

edition
ZE!TPUNKT

Es war einmal ein kleiner Schweinerich, der hiess Schweini und lebte mit einem ganzen Rudel seiner Artgenossen in einem Schweinepferch irgendwo auf dem Land. Es lebte sich nicht schlecht, ein warmer Stall, gefüllte Tröge, aber irgendwie beschlich ihn das Gefühl, das könne doch nicht alles sein, immer nur fressen, schlafen und den ganzen Tag im gleichen Dreck wühlen. Von Ferne sah er die reinen, weissen Schneeberge und eine unstillbare Sehnsucht befiel ihn. Was mochte dort sein? Aber niemand konnte es ihm sagen.

Eines Tages fuhr ein mit vielen quiekenden Schweinen beladener Lastwagen auf dem Hofe vor. Einige Freunde von Schweini, die etwas älter waren und darum schon einiges mehr Speck auf den Rippen angesetzt hatten, wurden vom Bauern und dem Fahrer recht unsanft aus dem Pferch und in den Wagen getrieben. Sie kamen nie mehr zurück. Das gefiel Schweini nicht und eine

unheilvolle Ahnung sagte ihm, dass selbiges auch ihm passieren könnte. Er beschloss zu fliehen.

Schon lange war ihm ein Loch im Zaun aufgefallen, das er nun jedesmal, wenn er sich unbeobachtet fühlte, ein wenig erweiterte, bis es gross genug war,

seinen schmächtigen Körper durchzulassen. In einer mondlosen, aber sternenklaren Frühlingsnacht schlich er sich aus dem Kreise seiner schnarchenden Familie und entwich in die ersehnte Freiheit.

Die Strasse hinunter und rechts in den Wald. Ganz geheuer waren ihm die ersten Schritte noch nicht. Die Eule schrie „Huhu!“, ein Fuchs schlich sich davon und ein paar

Rehe, die auf der Wiese ästen, machten grosse Augen angesichts des seltsamen, haarlosen Tieres, das da an ihnen vorbeitrippelte. Schweini versteckte sich in einem dichten Gebüsch. Kaum aber erhob sich glutrot die Sonne, machte er sich davon, über-

mannt und berauscht von nie gekannten Glücksgefühlen. Er rannte zum Horizont, bergauf und bergab, durch Felder und Wälder, machte Luftsprünge und Purzelbäume und legte sich in duftendes Moos. Nach einigen Tagen aber wurde ihm das Herz schwer. So schön die Welt auch war, alleine machte es auf die Dauer einfach keinen richtigen Spass. Oh, wie gerne hätte er die Freude und Schönheit seines neuen Lebens, dieser Welt so weit und voller Wunder, mit seinen Freunden, ja, mit allen Schweinen der Welt geteilt!

Was lag also näher als zurückzukehren zu seinem Gehege, zu seinen Freunden und Verwandten, ihnen von seinen Erlebnissen zu erzählen und sie ebenfalls zur Flucht zu bewegen.

Dort angekommen, wurde er schon von weitem mit aufgeregtem Gegrunze begrüsst. Die Älteren, die sich nach seinem plötzlichen Verschwinden Sorgen gemacht hatten, freuten sich, ihn wohlbehalten wieder zu sehen, die Jungen lauschten mit gespitzten Ohren und glänzenden Augen Schweinis abenteuerlichen Erzählungen. Sie bewunderten seinen Wagemut und wären ihm am liebsten gleich gefolgt. Einige steckten auch schon mal den Rüssel unter dem

Zaun durch, um wenigstens den Duft der grossen weiten Welt und der Freiheit zu schnuppern.

Obwohl solchen Ideen „grundsätzlich nicht abgeneigt", sahen die meisten aber dann doch für sich selber keine Veranlassung, den geschützten Rahmen ihres Pferches freiwillig zu verlassen. Nebst der hauptsächlichen Bedenken, dass dort draussen zuwenig Futter zu finden sei, machten sie Angst vor Bären und Wölfen geltend (obwohl sie diese nur vom Hörensagen kannten), andere grunzten etwas von „unsolidarisch" und „wenn da jeder wollte".

Seine Aussage, dass sie alle auf der Schlachtbank und als Bratwurst enden würden, wiesen sie als Behauptung und Panikmache zurück. Schweini, in seinem jugendlichen Übermut, liess sich durch ihren Unglauben nicht beirren, er redete, er erzählte von Bergen und Seen, von

Flüssen und Wäldern, von der Schönheit einer Blumenwiese oder dem Geruch frisch geschnittenen Grases. Er redete auch vom Wert der Freiheit an sich, von Schweinewürde, ja Schweinerechten, und der freien Wahl des Schlafplatzes.

Da wurde es den ersten langsam zu bunt. Als dann zum Schluss seine Rede noch in einen flammenden Appell zum Widerstand, zur Flucht mündete, verloren die meisten das Interesse endgültig, hielten ihn für übergeschnappt und wandten sich wieder ihren Trögen und Suhlen zu. Etliche fingen sogar an, seiner Reden überdrüssig, mit Dreck nach ihm zu schmeissen. Einige seiner alten, ihm wohlgesinnten Kumpels, die, wie es ihm schien, in der Zwischenzeit bereits wieder etwas fetter geworden waren, blinzelten ihn aus ihren kleinen Schweinsäuglein an und sag-

ten: „Was du erzählst mag ja wahr sein, lieber Freund, aber uns gefällt es hier. Sieh doch, wir haben hier alles, was ein Schwein wirklich braucht: Einen warmen Stall, genug zu fressen und vor allem die Gesellschaft anderer Schweine.

Diese Berge und Wälder, von denen du uns da erzählst, sind gefährlich, diese Seen und Flüsse brauchen wir nicht. Es genügt uns, wenn wir sie von ferne sehen können. Verlange nicht von uns, dass wir es dir gleichtun. Das können und wollen wir nicht.

Der Bauer macht demnächst den Zaun etwas weiter, das genügt uns als Hoffnung. Sieh, auch wir haben Träume – von besserem Essen, weicherem Stroh oder einem grösseren Gehege. Aber diese unbeschränkte Freiheit, die du uns so wortreich schmackhaft zu machen versuchst, die erscheint uns gar nicht erstrebenswert, wenn wir dann dafür nicht mehr wissen, wo wir schlafen sollen, oder was es morgen zu essen gibt. Wir wollen nicht frei sein, sondern satt. Es mag ja sein, dass wir am Schluss von den Menschen gegessen werden, aber was ist daran so falsch? Schliesslich bauen sie uns auch einen warmen Stall, geben uns Sicherheit und reichlich Futter, im Gegenzug dienen wir ihnen mit unserem Fleisch. Ist es denn nicht die Pflicht eines jeden Lebewesens, sich in den Dienst einer Gemeinschaft, von etwas Grösserem zu stellen?

Du verlustierst dich zu deinem eigenen Vergnügen in Wald und Feld, aber wem nützt das, ausser dir selber? Du störst die gottgegebene Ordnung, die jedem Wesen seinen Platz zuweist, die besagt, dass es Herrschende und Dienende geben soll. Du aber herrschst und dienst nicht, du nützt niemandem, du stiftest nur Unruhe, weckst Sehnsüchte, die nicht erfüllbar sind, nicht mal für dich selber! Aber geh nur, geh, wir mögen es dir gönnen, und komm ab und zu zurück und erzähl uns was du gesehen und erlebt hast. Aber erzähl uns besser nicht zuviel, du machst uns sonst nur unglücklich.“

Einer warf noch ein: „Ist doch Wurst, was aus uns wird, Hauptsache wir haben hier noch ein paar schöne Tage!“

Ein Alter grunzte: „Verdirb uns unsere Jugend nicht!“ Und einige der Jungen, die ihn gerade eben noch enthusiastisch gefeiert hatten, machten plötzlich ganz vernünftige Gesichter.

Das hatte Schweini nicht erwartet. Etwas nachdenklich machte er sich davon, zurück in die Einsamkeit seiner Wälder, zurück in die Unendlichkeit seiner Freiheit.

Eigentlich hatten sie ja recht. Was wollte er auch hier draussen in der Wildnis!? War es nicht besser, gemeinsam zu sterben als allein zu leben?

Plötzlich merkte er, dass er Hunger hatte. Nun, gerade viel gegessen hatte er nicht in den letzten Tagen. Ein paar faulige Kartoffeln auf einem abgeernteten Acker waren alles, was er gefunden hatte. Etwas wehmütig dachte er an die vollen Futtertröge im heimischen Stall zurück.

Gras und Kräuter, ja selbst die Blumen auf der Wiese, so schön sie auch anzusehen waren, mochten ihm nicht recht schmecken und die Fische im Fluss, die zu fangen war er zu wenig geschickt. Ja, wäre er ein Wildschwein gewesen – aber er war ja nur ein entlaufe-

nes Hausschwein. Schweini beschloss daher, sich so bald als möglich einer Rotte dieser frei umherstreifenden fernen Verwandten, die er eines Abends von weitem beobachtet hatte, anzuschliessen und eine richtige Wildsau zu werden. Nebst lustiger Gesellschaft hoffte er, von ihnen die nötigen Kenntnisse für das Überleben in freier Wildbahn zu erlernen, zum anderen dachte er aber auch daran, mit einigen dieser starken Tiere den heimischen Zaun eines Nachts niederzureissen und so seine eingepferchten Freunde, notfalls auch gegen deren Willen, zu befreien. Gewisse Leute mussten wohl auch zu ihrem Glück gezwungen werden!

Vorerst war es aber noch nicht soweit, denn als er nach einigem Suchen, mitten im dichtesten, finstersten Teil des Forstes auf ein ganzes Rudel seiner braunschwarz behaarten Wildbrüder traf und sein Anliegen vorbrachte, zeigte sich der Rottenführer, ein kräftiger Eber mit langen Hauern, erstmal gar nicht sonderlich erbaut beim Gedanken darüber, einen Fremden, zumal einen mit ande-

rer Hautfarbe, in seine Gruppe aufzunehmen. Auf Schweinis beharrliches Bitten beschloss man dann aber doch, ihn wenigstens probeweise zu dulden und er, glücklich, tat sein Bestes, nicht unangenehm aufzufallen und sich anzupassen.

Von seinen neuen, nun, Freunden wäre vielleicht zuviel gesagt, Kumpels, lernte er auch bald, wo und wie im Wald Eicheln, Pilze und andere Leckereien zu finden seien, was ihm dann doch langsam eine gewisse Akzeptanz verschaffte. Wegen seiner blassen Haut und seiner vergleichsweise unsportlichen Figur musste er sich aber auch manchen Spott gefallen lassen.

Seinem Plan, noch mehr seiner gefangenen Genossen in die Freiheit zu holen, konnten die meisten wenig abgewinnen, fürchteten sie doch eine Überfremdung und Überbevölkerung ihres Revieres. Einige jüngere Keiler waren jedoch, nachdem er ihnen lange genug von den drallen Formen und der rosigen Haut der weiblichen Hausschweine vorgeschwärmt hatte, dann doch abenteuerlustig genug, ihm eines Nachts zum Zaun zu folgen und einen Befreiungsversuch zu wagen.

Die Zaunbewohner waren, als sie Schweini mit seinen, in ihren Augen finster und gefährlich aussehenden Kumpanen, anrücken sahen, eher beunruhigt als erfreut. Sie glaubten, dass er nun definitiv in schlechte Gesellschaft geraten sei. Als seine wilden Kumpels nun auch noch ohne viel Federlesen daran gingen, mit ihren scharfen Hauern ein grosses Loch in den Maschendrahtzaun zu reissen, wichen sie entsetzt zurück, drückten sich

ängstlich in den hintersten Winkel ihres Pferches oder flüchteten quiekend in den Stall. Wer geglaubt hatte, die eingesperrten Hausschweine hätten sich gefreut und wären begeistert in die Freiheit entwichen, sah sich getäuscht. Im Gegenteil wähnten sie sich von einer Räuberbande überfallen, die, etwas anderes konnten sie sich nicht vorstellen, gekommen war, ihr gutes Futter zu stehlen und formierten sich zur Verteidigung. Mit knapper Not konnte Schweini dieses Missverständnis ausräumen, aber in der Zwischenzeit hatte der Hofhund ob des Lärms zu bellen begonnen, der Bauer war ebenfalls aufgewacht und kam wohl bald, um nach dem Rechten zu sehen, so dass es geraten schien, das Weite zu suchen.

In den folgenden Monaten versuchte Schweini, seine alte Heimat zu vergessen und ganz und gar ein Wildschwein zu werden. Das gelang ihm auch nicht schlecht, denn es war Spätsommer und das Leben war leicht. Tagsüber lagen sie dösend im Dickicht, nachts schlugen sie sich auf Streifzügen durch Kartoffeläcker und Maisfelder die Bäuche voll.

Trotzdem, alles gefiel ihm nicht. Ursprünglich hatte er geglaubt, dass es sich bei seinen neuen Genossen irgendwie um bessere Schweine handle, edle, urtümliche Wilde, den Idealen der Freiheit und Gleichheit verpflichtet.

Aber je länger je mehr merkte er, dass diese Wildschweine so wild nicht waren. Wohl konnten sie frei herumschweifen, aber innerhalb der Gruppe galt eine strenge Ordnung, Gebräuche mussten eingehalten, Rangunterschiede beachtet werden.

Vor allem galt, und das kam ihn besonders übel an, jedes Gegrunze des grossen Ebers Oberkeil, eines Patriarchen alter Schule, als Gesetz. Der hatte immer was zu rüsseln, glaubte zu wissen was Recht und Unrecht, was zu tun und zu lassen sei, eine Meinung, die Schweini nicht immer teilte und auch äusserte, was ihn bei diesem nicht unbedingt beliebter machte.

Dazu kam, dass der hellhäutige, wenig behaarte Fremdling mit dem adrett gekräuselten Ringelschwanz bei den weiblichen Frischlingen, zum Ärger der übrigen Männchen, einige Sympathien genoss, obwohl er ja in deren Augen durch sein mässiges Geschick im Aufspüren von Essbarem als Vollmitglied und Schwiegersohn kaum in Frage kommen konnte. Solcherlei Bedenken kümmerten Schweini wenig, war er doch schon einige Zeit ganz vernarrt in Grunzi, eine der hübschen, längs gestreiften Jung-Bachen, und trug sich innerlich schon mit dem Gedanken, mit ihr

ein neues, freies Geschlecht von renaturierten Hausschweinen zu zeugen. Sie zeigte sich seinen Avancen und Ideen gegenüber zwar noch etwas widerborstig, aber durchaus nicht gänzlich abgeneigt.

Der Rotte blieb dieses Treiben natürlich nicht verborgen. Eines Abends, als sie sich wieder einmal etwas abseits zu treffen versuchten, stürzte sich Oberkeil, dem die sich offensichtlich anbahnende Mesalliance schon lange ein Dorn im Auge war, unversehends auf den armen Schweini, ihn Mores zu lehren. Dieser, von Natur aus nicht zur Kampfsau geboren, wollte in der für ihn so wichtigen Sache jedoch nicht gleich klein beigeben und wehrte sich nach Kräften. Das hätte er besser bleiben lassen, denn im Verlauf der folgenden Keilerei bekam er durch die scharfen Eckzähne seines Kontrahenten einige böse Kratzer ab, so

dass ihm schliesslich nichts anderes übrig blieb als unter gegenseitigen Verwünschungen hinkend das Weite zu suchen. Damit musste sich Schweini eingestehen, dass seine romantische Vorstellung eines freien und friedlichen Lebens unter edlen Waldbewohnern gescheitert war.

Am meisten aber betrübte ihn, dass Grunzi keine Anstalten gemacht hatte, ihm zu folgen und es damit anscheinend vorzog, bei ihrer Sippe zu bleiben und wohl dereinst, wie es der Brauch wollte, einen dieser genehmen Jung-Eber zu ehelichen. Auch wenn es ihn traurig machte, irgendwie verstand er sie, denn er musste sich sagen, dass sie mit ihm, einem Fremden mit seltsam gewagten Plänen und Gedanken, der kaum sich selber ernähren konnte, fernab der Herde, der Verwandten, kaum glücklich geworden wäre. So

streifte er in der Folge wieder vermehrt in der Nähe menschlicher Behausungen herum, in der Hoffnung, etwas Essbares und vielleicht irgendein Glück zu finden.

Lief er den Menschen unversehens über den Weg, erschraken sie, halb belustigt, halb im Ernst versuchten sie ihn zu fangen, hetzten gar die Hunde auf ihn oder schrien nach Polizei und Jäger. Als ihm tatsächlich eines Tages die Kugeln um die Ohren pfiffen, wurde er vorsichtiger und wagte sich einige Zeit nur noch nachts hinaus.

In manchen dieser Nächte, vor allem als der Winter mit eisigen Winden ins Land zog und alles mit

Schnee bedeckte, schlich er hungrig und einsam dem Zaun entlang und sah in die erleuchtenden Fenster des Stalles, aus denen ein warmes Licht drang und das zufriedene Grunzen seiner Artgenossen zu vernehmen war, die eben vom Bauern ihre nahrhafte Abendsuppe bekamen.

Sie waren eingesperrt, er aber war ausgesperrt. Was war schlimmer? Er wusste es nicht, er wusste nur, dass es für ihn keinen Weg zurück gab.

Wie es das Schicksal so wollte, freundete er sich in dieser Zeit mit einem kleinen Menschenjungen an, der ihn nicht verriet. Dieser zeigte ihm den Umgang mit Bleistift, Pinsel und Farbe, und Schweini fing an zu malen.

Wie glücklich war er, seinen alten Freunden im Pferch endlich Bilder der Landschaften und Begebenheiten, die er auf seinen Wanderungen sah und erlebte, zeigen zu können! Freudig ging er zum Zaun zurück – und wirklich, es gefiel!

Sie waren sogar richtig begeistert von seinen schweinischen Werken. Sie hängten sich diese in ihren Stall, ja, es wurde richtig Mode, ein Werk von Schweini hängen zu haben. Als Entgelt warfen sie ihm etwas von ihrem Schweinefrass über den Zaun.

So konnte Schweini leben. Im Bett der Flüsse fand er auch schöne Steine, manchmal waren sogar richtige Edelsteine darunter. Um ihnen eine Freude zu machen, warf er sie ihnen über den Zaun.

Einige wussten dies zu schätzen, andere aber wurden wütend, weil sie glaubten, er werfe mit gewöhnlichen Steinen, traten sie in den Dreck oder warfen sie gleich wieder zurück.

Nun, wie auch immer, trotz aller Kontroversen – man war sich nicht sicher, war das, was er trieb saudumm, saufrech oder saugut? – wurde er mit der Zeit von den übrigen Schweinen mit einem gewissen Respekt, ja Ehrerbietung behandelt. Etliche von ihnen waren sogar richtig stolz darauf, einen der ihren schon so lange „da draussen“ zu wissen, rühmten sich, verwandt oder befreundet mit ihm zu sein und sein Potenzial schon früh erkannt zu haben.

Aber das war es ja nicht, was Schweini wollte, vielmehr träumte er noch immer von der allgemeinen Schweinerevolution.

Ganz ohne Wirkung waren seine Worte und Taten allerdings nicht geblieben. Unterdessen liessen sich doch auch einige andere zeitweise zur Flucht animieren, allerdings nur für eine Nacht oder über das Wochenende, wenn der Bauer nicht da war.

Einmal so richtig die Sau rauslassen! Manchmal traf sich der halbe Stall draussen in seiner Schweinsiedelei.

Aber immer pünktlich im Morgengrauen, noch ehe der Hahn krähte, schlüpften sie wieder unter dem Zaun durch und machten, kaum kam der Bauer zur Fütterung, das allerbrävste Schweinegesicht.

Es gab allerdings auch einige, die den gleichen Weg beschreiten wollten, aber nicht alle hatten soviel Glück. Die einen stürzten im zerklüfteten Gelände ab, andere verhungerten, die meisten aber waren zu unvorsichtig und liefen dem Jäger vor die Flinte, der öfters mit seinen Hunden unterwegs war und jedes freilaufende Schwein erschoss.

Die Zurückgebliebenen in ihrem Gehege sahen diesen jeweils mit einem abgemagerten, blutigen Schweinchen auf dem Rücken aus dem Wald zurückkehren. Nun, da wussten sie, wieso sie drin blieben, sie hatten befürchtet, dass es so kommen könnte. Die einen bedauerten aufrichtig das Schicksal dieser armen Schweine, andere aber waren insgeheim befriedigt, zeigte es ihnen doch die Richtigkeit ihres Lebensweges.

Unter den Besuchern seiner Schweinsiedelei war auch Quitschi, eine rosige, lebenslustige Schweinedame, die, fasziniert von seiner Lebensweise und begeistert von seinen Werken, jede Gelegenheit wahrnahm, bei ihm vorbeizuschauen.

Bei ihm einzuziehen war allerdings kein Thema, dazu war es ihr dann doch, wie sie sagte, zu kalt, zu einsam, zu unsicher, das Lager zu hart, das Essen zu schlecht. Dieses musste er sich jetzt nämlich wieder in freier Wildbahn besorgen, seit im heimischen Pferche der Bedarf an Stallschmuck gedeckt, die Verkäufe eingebrochen und dadurch die Transaktionen von Schweinefrass versiegt waren.

Zudem bezeichnete sie, wenn sie schlechter Laune war, Schweinis gemütliche Höhle als „Saustall“, den sie, im Falle ihres Einzuges, „tüchtig ausmisten“ würde, wie sie sich ausdrückte, was Schweini verdriesste.

Trotzdem sagte sie eines Nachts zu ihm: „Ich möchte ein Ferkel von dir!“ Nun, Ferkeleien waren ihm ja durchaus genehm, aber deswegen gleich Ferkel aufstellen? Gut, unter günstigeren Umständen hätte er sicher gerne mit seiner Angetrauten eine Schar Kinder grossgezogen, aber sein Verantwortungsbewusstsein sagte ihm, dass es ihm unmöglich sein würde, neben seiner Maltätigkeit auch noch Futter für eine ganze Familie aufzutreiben.

Aus purer Liebe aber mit ihr zusammen in die Gefangenschaft zurückzukehren, wo ihnen allen womöglich ein baldiges Ende als Rollschinken oder Spanferkel drohte – das konnte es ja wohl auch nicht sein! Nun, es war kein leichter Abschied, aber die Macht der Verhältnisse und der Vernunft zwangen sie auseinander, jeden in seine Richtung, ihn in seine Höhle, allein, sie in ihren Stall, um sich dort mit einem fortpflanzungswilligen Normal-Schwein zu vermehren.

Die Jahre vergingen, Generationen seiner einstigen Freunde waren abgeschlachtet und in der Bratpfanne gelandet, Schweini war längst zur anerkannten Wildsau geworden. Der örtliche Tierschutzverein hatte ihn unter seinen Schutz gestellt und organisierte regelmässig Exkursionen zu seiner Klause. Obwohl er nun für sich ein beachtliches Mass an Freiheit und Komfort genoss, war er seinem eigentlichen

Ziel, nämlich einer schweinegerechteren Welt, keinen Schritt näher. Im Gegenteil: Der Bauer hatte, der vielen Fluchtversuche überdrüssig, einen zwar etwas weiteren, dafür aber absolut ausbruchsicheren Zaun gezogen. Der Stall genügte unterdessen den modernsten Anforderungen der Tierschutzgesetzgebung, auch das Futter war noch etwas besser geworden, „biologisch", wie man sagen hörte. Wer wollte und konnte unter diesen Umständen noch an ein anderes Leben, an ein Leben jenseits des Zaunes denken?

Sie galten jetzt bereits als „Glückliche Schweine“ und ihr Fleisch wurde unter einem bestimmten Label vertrieben.

Nun, Schweini war lieber manchmal unglücklich und allein, anstatt als „Glückliches Schwein“ zur Schlachtbank getrieben zu werden. Da nun im Grossen, wie es schien, vorläufig nichts zu machen war, verschönerte er seine Klause, malte kleine Bilder und schrieb an seinen gesammelten Erinnerungen, was allen wohl gefiel.

Sein weiteres Leben hätte in ruhigen Bahnen verlaufen können, wenn nicht ausgerechnet die Umstellung des bäuerlichen Betriebes auf Freilandhaltung seinem Leben eine nochmalige, unerwartete Wendung gegeben hätte. Der alte Pferch wurde nämlich aufgebro-

chen und mit einer grossen Weide verbunden, auf der nun die ganze Herde bei Tag und Nacht herumtollen und sich suhlen konnte. Darüber hinaus hatten sie, im Gegensatz zu ihm, immer mehr als genug zu essen.

Kein Wunder, hatte unter diesen Umständen kein Schwein mehr Lust oder Bedürfnis auf einen dauerhaften Ausbruch, so dass in der Folge ein leichter Elektrozaun genügte, der bei festem Willen unschwer zu überwinden war. Dazu kam es aber nur noch selten, denn ihre Partys feierten sie jetzt zuhause und Schweini ging langsam in Vergessenheit.

Nur einige weibliche Mitglieder der Rotte hielten ihm die Treue und wagten ab und zu nächtens, einzeln oder in Gruppen, einen Abstecher zu seiner Klause. Dieser, beileibe nicht zum Schwönch geboren, liess sich nicht lange bitten.

Zurück, konnten sie es nicht lassen, von seinen erotischen Qualitäten zu schwärmen, ihn als Beispiel wahren Ebertums und echten Lebens zu preisen, was die übrigen

Weibchen neugierig, die Männchen aber zunehmend ärgerlich machte. Beackerten und durchpflügten sie nicht treu und fleissig Tag für Tag den heimischen Pferch, waren loyale Stützen eines Systems, das sich bewährt hatte, während dieser da ausserhalb von Brauch und Ordnung sich im Wald ein schönes Leben machte?

Nun gut, seine Bilder, sein mehr als eigenwilliger Lebensstil, das mochte ja alles noch angehen, aber dass er sich jetzt auch noch anschickte, ihren Frauen den Kopf und womöglich noch viel mehr zu verdrehen, das ging nun eindeutig zu weit!

Ein paar besonders frustrierte Jung-Eber, eifersüchtig auf Schweinis vermeintliche Vorzüge, hinterbrachten dem Bauern ihre Beobachtungen. Dieser hatte sich seinerseits schon lange gewundert, wieso einige seiner Bachen von selbst, was ja gar nicht möglich sein konnte, trächtig geworden waren.

Da waren sich nun Schweine und Bauer für einmal so richtig einig: Eine solche Sauerei konnte in dieser Gegend nicht geduldet werden! Auf Antrag des Bauern wurde, durch Mehrheitsbeschluss des Gemeinderates, Schweini zum Abschuss freigegeben.

Auch die Mitglieder des Tierschutzvereines, die ihn bisher fast wie einen Heiligen verehrt hatten, mussten jetzt nach diesem Bericht einsehen, dass es sich bei ihm eben doch nur um einen Schwein-Heiligen gehandelt hatte.

Ein Kommando aus Jäger, Polizist und Wildhüter machte sich auf, Schweini zu stellen. Dieser aber hatte von der Sache Wind bekommen und sich rechtzeitig aus dem Staub gemacht.

Wieder auf der Flucht, diesmal für länger, wie es schien, wandte sich Schweini den Bergen zu, den weissen Schneeber-

gen, dem fernen Ziel seiner Jugend. Dort hoffte er Schutz, eine neue Aufgabe, Erleuchtung zu finden. Vielleicht offenbarte sich ihm dort sogar der Schweinegott und wies ihm den richtigen Weg!

Auf den verschlungenen Pfaden hinauf begegnete er immer wieder freundlichen Wirtinnen, die ihn einluden, in ihren warmen, behaglichen Hütten zu bleiben, aber sein innerer Dämon, Gott oder der Teufel, wer wusste das, trieb ihn immer wieder hinaus, weiter, höher hinauf, dem Geheimnis, der äussersten Grenze entgegen, das wahre Leben oder einen gnädigen Tod zu finden.

Die letzten Bäume lagen schon weit unter ihm, immer steiler und mühsamer wurde der Weg, bis im felsigen, abschüssigen Gelände kaum mehr ein Pfad zu erkennen war.

Ein eisiger Wind pfiff ihm um die Ohren und nur ein argwöhnischer Adler zog krächzend über ihm seine Runden. Endlich erreichte er die weissen, leuchtenden Felder des ewigen Schnees, nach denen er sich seiner Lebtag gesehnt hatte.

Doch welche Enttäuschung! Was von weitem so faszinierend und geheimnisvoll ausgesehen hatte, entpuppte sich aus der Nähe als unwirtliche Einöde, als von tiefen Spalten durchzogene Gletscher und Geröllhalden, aus denen sich jederzeit ein Stein lösen konnte, ihn zu erschlagen.

Weder Götter noch Engel wohnten hier, nur der Wind und die Kälte. Ja, zugegeben, die Aussicht war grossartig, doch als ein unversehends aufkommender Nebel ihn auch noch dieser beraubte, ergriff ihn eine tiefe Verzweiflung.

Für einen Moment konnte er in seinem Leben nichts als eine von Illusionen genährte Hybris erkennen, kamen ihm seine Taten und Werke, mochten sie auch für einige andere inspirierend gewesen sein, klein und wenig bedeutend vor, seine Ideen naiv, seine amourösen Abenteuer schal und verwerflich.

Er hätte sich zweifellos über eine Felswand gestürzt und so seinem verfahrenen, um nicht zu sagen versauten Leben ein Ende gesetzt, hätte ihm nicht die Geschichte eines Pilgers, die ihm dieser in einer Herberge im Tal erzählt hatte, einen letzten Funken Hoffnung belassen:

In einem fernen Land, so dieser, weit im Osten, jenseits der Berge und des Meeres, genannt das Morgenland, würden unter einer strahlenden Sonne und einem ewig blauen Himmel die prächtigsten Früchte reifen und – das war ja wohl das Beste – der Genuss von Schweinefleisch bei Strafe verboten sein!

Dorthin wollte er gehen und, sollte sich diese Geschichte als wahr erweisen, zurückkommen, um mit diesem schlagenden Argument endlich alle gefangenen Schweine der Westländer gesamthaft zur Auswanderung bewegen.

Noch war ein weiter Weg zurückzulegen, aber vom Plan einer letzten, epochalen Grosstat beflügelt, raffte er sich auf, entschlossen, dieses irdische Paradies zu finden und das ihm Mögliche zu tun.

Schon war die Passhöhe in Sichtweite, als ihm ein fremdländisch aussehender Mann entgegen kam. „Wohin des Weges, Bruder?“ fragte Schweini. Dieser antwortete: „Ins Paradies, ins Land der Freiheit!“

Gerade so hatte er es ja nicht erlebt, aber Schweini dachte, dass es für einen Menschen wohl anders sein könnte, auch wollte er ihm die Hoffnung nicht rauben. So entgegnete er: „Justament da will ich auch hin, aber für mich liegt es auf der entgegengesetzten Seite!“

„Wie kommst du denn darauf?“ fragte der andere. Da erzählte ihm Schweini, was er gehört hatte, vom Morgenland, und dass sie dort keine Schweine ässen.

Da lachte der andere bitter und sagte: „Da weiss ich wohl Bescheid, denn ich komm von dort, aber derjenige, der dir das erzählt hat, hat dir nur die halbe Wahrheit gesagt. Es ist schon richtig, dass wir kein Schweinefleisch essen, aber wir halten uns auch keine solchen Tiere. Ich habe dort aber auch noch nie jemals freilaufende Schweine gesehen und, Gott bewahre, würden sich welche blicken lassen, erginge es ihnen kaum besser als hierzulande. So leid 's mir tut, dir keine frohere Kunde geben zu können, aber für Schweine wie dich gibt es wohl nirgendwo auf der Welt einen sicheren Platz!"

Etwas verunsichert aber trotzdem fest entschlossen, sich von solcherlei Rede nicht irremachen zu lassen, zottelte Schweini beharrlich weiter bergwärts, vorbei am verlassenen Hospiz und hinunter in ein enges, finsteres Tal. Nachdem er dieses glücklich hinter sich gelassen hatte, glaubte er schon das Schlimmste überstanden zu haben, als ihn ein heftiger, plötzlich einsetzender Schneesturm überraschte.

In der hereinbrechenden Nacht, müde und des genauen Weges unkundig, verirrte er sich und blieb in einer Schneewehe stecken. Mit letzter Kraft versuchte er noch, sich zu befreien, aber ermattend fühlte er, dass seine Zeit gekommen, seiner Pläne bester unvollendet bleiben musste.

Mit Wehmut erinnerte er sich nochmals der Stationen seines Lebens. Vor ihm stieg das fürsorgliche Gesicht seiner längst verstorbenen Mutter auf und von Oinki, seiner kleinen Schwester, von Schlitzohr und Kugelbauch, den Gefährten seiner Jugend, von Quitschi und Grunzi und all der anderen, lieben Freundinnen und Kameraden, denen weniger Tage, weniger Glück und

Abenteuer vergönnt gewesen, und die wohl längst im Magen eines Menschen gelandet waren. Nun, er hoffte, obwohl er nicht so richtig daran glaubte, sie in den Ewigen Suhlen wiederzusehen. Der Schnee hüllte ihn nun völlig ein und mit einem letzten Grunzen gab er seinen Geist auf.

Im Frühling, als der Schnee schmolz, wurde sein gefrorener Leichnam von einem Berggänger gefunden. Alle wunderten sich, wie es ein Hausschwein ins Hochgebirge schafft und fragten sich, was es dort wohl gesucht haben mochte.

Der bemerkenswerte Fund wurde in allen Zeitungen erwähnt und bald, in Anlehnung an eine ebenfalls aus dem Eis geborgene menschliche Leiche, „Schwötzi“ genannt.

In seiner Heimatgegend lasen auch etliche Weggefährten davon, glaubten aufgrund der Beschreibung und einiger Indizien den seit geraumer Zeit verschwundenen Schweini zu erkennen und machten sich nach einigen Diskussionen auf, seine sterblichen Überreste heimzuholen.

Die Regierung der nahegelegenen Kleinstadt beschloss daraufhin, Schweini, bei dem es sich doch bekanntermassen und offensichtlich um ein ganz besonderes Schwein gehandelt hatte, im Naturwissenschaftlichen Museum ausgestopft der Nachwelt zu erhalten, den einen zum Vorbild, den anderen zur Abschreckung.

Im Lokalblatt wurden seine Verdienste als Malschwein und Nonkonformist ausgiebig gewürdigt, im Kunstmuseum die von seinen Anhängern lang ersehnte Ausstellung seiner gesammelten schweinischen Werke realisiert. Alle bedauerten lebhaft sein Ableben, priesen sein Werk, seinen Charakter, und behaupteten, ihn gut gekannt und schon immer gemocht, ja verehrt zu haben.

Dies könnte nun das Ende der Geschichte sein, hätten nicht einige enge Freunde in dem im Museum gezeigten Präparat beim besten Willen keine Ähnlichkeit mit dem Vermissten erkennen können. Sie waren daher bald einmal fest davon überzeugt, dass es sich bei der aus dem Eis geborgenen Leiche um irgendein Schwein, aber nicht um Schweini gehandelt habe. Die Zweifel wurden zur Gewissheit als mit der Zeit immer mehr glaubwürdige Berichte von Orientpilgern eintrafen, die besagten, dass es diesem, auf wundersamen Wegen und Weisen, durch Gottes Gnade und mannigfaltige Prüfungen geläutert, sehr wohl gelungen sei das Morgenland zu erreichen, wo er auf freundliche Menschen gestossen, Gärten angelegt, Hütten und Paläste verziert, Gemeinschaften gegründet und noch ein paar Bücher geschrieben habe.

Der dortige Fürst hätte ihn daraufhin zum Grosswesir ernannt und ihm ein malerisches altes Schloss geschenkt, das er wieder aufs prächtigste herausgeputzt, mit neuen Bildern versehen und in welchem, wie in alten Zeiten, wieder manch ausgelassenes Festchen gefeiert wurde. Alsbald habe er dann, wen wundert's, auch noch eine ausgesprochen hübsche, vorallem aber sinnenfrohe, lebenslustige Schweinedame namens Sultanja Sulasuleikha kennengelernt. Die hätte er, und sie ihn, so recht von Herzen liebgewonnen, sie hätten vergnügt Hochzeit gefeiert und lebten, wenn sie nicht gestorben sind, samt ihren Getreuen, noch heute glücklich und in Freuden zusammen.

An's Zurückkehren hat er dann nie mehr gedacht, dafür hat's ihm in seiner neuen Heimat zu gut gefallen.

Im Schweinestall aber erzählt man sich seit jener Zeit gern und oft die Mär von Schweini, einem Schwein, das, Schwein gehabt, sich nicht zur Sau machen liess.

Stadtblatt Winterthur, 16.4.97

Die Realität ist manchmal gar nicht so weit von der Fabel entfernt...

Rammliger Keiler erlegt

Nachwuchs. In der Südbündner Gemeinde San Vittore hat ein Wildschwein seine Vorliebe für weibliche Hausschweine mit seinem Leben bezahlt. Der achtjährige und 91 Kilo schwere Keiler versuchte gerade, sich mit einer Sau zu paaren, als er von einem Wildhüter erschossen wurde.

Der rammlige Keiler war in der Misoxer Gemeinde San Vittore kein Unbekannter, wie das Bündner Jagd- und Fischereiinspektorat am Dienstag mitteilte. Während der letzten zwei Jahre wurde er jeweils im Spätherbst von einem Schweinezüchter auf seinem Gut gesichtet. Das Wildschwein zeigte ein auffälliges Interesse an den frei laufenden Muttersauen. Der um einiges grössere Eber pflegte sich zurückzuziehen wenn der Keiler auftauchte.

Mutiger war der Hofhund. Doch bei der Verteidigung des Reviers erging es ihm schlecht.

Der Keiler verletzte den unerschrockenen Hund dermassen schwer, so dass ihn auch veterinärmedizinische Kunst nicht mehr retten konnte.

Der Verehrer aus freier Wildbahn blieb in seinen Bemühungen nicht ganz erfolglos, wie es in der Mitteilung des Jagd- und Fischereiinspektorates weiter heisst. Jeweils nach der Tragzeit gebar eine Sau eine Anzahl Junge, wovon ein Teil das Kleid des Keilers trug. Gut auf seine Aufgabe vorbereitet, setzte der Wildhüter Romolo Giulietti dem amourösen Treiben und dem Leben des Keilers am 6. April mit einem gezielten Schuss ein Ende.

Das Wildschwein sei zwecks Schadensverhütung geschossen worden, erklärte Hannes Jenny vom Jagdinspektorat. Laut Gesetz seien solche vorsorglichen Abschüsse das ganze Jahr über erlaubt, denn die Gefährlichkeit ausgewachsener Keiler sei nicht zu unterschätzen. (sda)

Erwin Schatzmann ist 1954 in Pfäffikon/ZH geboren und in Agasul im Zürcher Oberland aufgewachsen. Seit 1979 ist er freischaffender Maler, Holzbildhauer, Objektkünstler, Gestalter von Kleidern, Möbeln, Gärten, Räumen und Fahrzeugen sowie Event-Organisator und Kursleiter. Erwin Schatzmann ist Urheber der Initiative „Ein See für Winterthur“ (1995 bis 1999, neue Standorte 2011). Seit 2009 baut er am „Morgenland Off Space“, einer aus Recyclingmaterial erbauten Wohn- und Arbeitsstätte am Standrand von Winterthur, wo sieben mal jährlich die Veranstaltung „artgerechte Haltung“ als soziale Plastik stattfindet.

„Es ist egal, welcher Nation du angehörst, Hauptsache nicht der Resig-Nation.“

www.erwinschatzmann.ch

Christine Gluch ist 1964 in Winterthur geboren und aufgewachsen. Sie ist leidenschaftliche Künstlerin, Autorin, Illustratorin, und diplomierte Maltherapeutin. Da sie nicht nur gerne malt und zeichnet, sondern auch selber gerne Geschichten erfindet, hat sie nun auch eigene Bücher geschrieben und illustriert.

„Es gibt immer Wege, um ein selbstbestimmtes Leben führen und seine Talente vollumfänglich leben zu können.“

www.raduna.ch